c o l l e c t i o n

L'HEURE PLAISIR Tic•Tac

▼

Romans jeunesse

Éditions HRW
Groupe Éducalivres inc.
955, rue Bergar
Laval (Québec) H7L 4Z6
Téléphone : (514) 334-8466
Télécopieur : (514) 334-8387

Déjà parus dans cette collection:

Les Prisonniers de l'autre monde

▼

Nadya Larouche

Les Prisonniers de l'autre monde
Larouche, Nadya
Collection L'Heure Plaisir Tic•Tac

Directeur de la collection : Yves Lizotte
Illustrations : Yves Boudreau
Illustration de la couverture : Isabelle Langevin

© **1995 Éditions HRW** ■ Groupe Éducalivres inc.
Tous droits réservés

Nous reconnaissons l'aide financière du gouvernement du Canada par l'entremise du Programme d'aide au développement de l'industrie (PADIÉ) pour nos activités d'édition.

ISBN 0-03-926967-1
Dépôt légal – 2ᵉ trimestre
Bibliothèque nationale du Québec, 1995
Bibliothèque nationale du Canada, 1995

Imprimé au Canada
2 3 4 5 6 7 8 9 0 LM 4

Table des chapitres

▼

Liste des
personnages de ce récit

▼

Au besoin, consulte cette liste pour retrouver l'identité d'un personnage.

Personnages principaux:

Étienne: un garçon de 10 ans qui a parfois les deux pieds dans la même bottine.

Clara: une fillette de 9 ans aux longues tresses noires et au teint doré.

Personnages secondaires:

Liliane: l'enseignante d'Étienne.

Natualc: un jeune garçon péruvien qui habite un village de montagne.

Le «brujo» : le sorcier du village de Natualc.

Lungo : un homme inquiétant qui semble cacher quelque chose.

Chapitre 1

Étrange lecture

Je me suis dissimulé derrière la porte de la salle de classe. Les derniers tintements de la cloche annoncent la fin de la récréation. De ma cachette, j'entends bientôt des pas pressés. Les élèves se dirigent vers leur local respectif. L'écho de leurs rires et de leurs bousculades enjouées résonne dans le grand couloir.

Je jette un coup d'œil furtif de

l'autre côté de la porte. Mon cœur bat alors la chamade, car, dans la joyeuse cohue, je l'aperçois enfin. Elle vient de ce côté. Elle doit passer juste devant ma salle de classe pour regagner la sienne.

Pris de panique, j'évalue le temps qu'il lui faudra pour arriver à ma hauteur. Dix secondes, douze peut-être. Je m'affole. À tel point que je ne sais plus compter. Six, sept, dix... Euh, neuf. Non, huit. Ah! Et puis zut! Il faut que j'y aille!

Je me décide à sortir. Toutefois, à l'instant même, le flot des étudiants de cinquième année commence à se déverser dans ma salle de classe. Ah non! C'est trop bête! Je vais sûrement la manquer.

Je joue des coudes, à contre-courant. J'ai toutes les peines du monde à avancer. Je me sens comme un poisson pris dans les mailles serrées d'un filet. Il me faut à tout prix m'échapper.

Je pousse de toutes mes forces pour me frayer un passage à travers cette vague humaine. Cependant, au même moment, la foule se fait moins dense. Je passe à toute allure entre deux étudiants étonnés, comme mû par un ressort.

Mon corps, lancé à la façon d'une fusée, vient en percuter un autre dans le grand couloir. Si fort, que j'en perds ma belle casquette vert fluo sur laquelle est imprimé mon nom. Nous roulons par terre, tous deux, dans un enchevêtrement de bras et de jambes.

Je demeure immobile quelques instants, le nez au plancher. Des dizaines de pieds m'entourent. Je lève la tête, piteux. Les visages penchés vers moi affichent de larges sourires. J'ai l'air fin, là.

– Hé! Tu as un moteur au derrière

ou quoi ! me lance un grand de sixième année.

Il s'éloigne en riant. Les autres se dispersent également en se payant ma tête. Il ne reste plus que moi et ma pauvre victime entre nos livres éparpillés.

Je récupère ma casquette. Je brosse vigoureusement de la manche une empreinte laissée sur mon nom par le pied boueux d'un élève.

– Je suis désolé, dis-je, en me tournant enfin vers ma victime. Je ne t'avais...

Toutefois, les mots restent accrochés à mes lèvres. Elle est là, à quatre pattes devant moi. La petite fille aux longues tresses noires et au teint doré. Celle que j'essaie d'aborder depuis une semaine. Et il a fallu que je lui rentre dedans comme un véritable bulldozer. Décidément, il y a des jours où on devrait rester bien enfoui sous les couvertures.

Je me sens rougir des pieds à la tête.

– Ce n'est pas grave, me console ma victime en regroupant les livres épars.

Elle a de grands yeux d'un brun presque noir. Et ses cils ! Ils sont si longs et si fournis qu'on dirait des papillons prêts à s'envoler. Je soupire. Si j'avais quelques années de plus, je me croirais amoureux.

– Je m'appelle Clara, murmure la petite fille en me tendant mes livres.

– Moi, je me nomme Étienne, dis-je en montrant bêtement le nom imprimé sur ma casquette vert fluo.

– Et moi, je suis Liliane, ton professeur, fait une voix pointue dans mon dos. Allons Étienne, nous n'avons pas toute la journée, quand même !

Liliane se tient debout à l'entrée de

la salle de classe. Elle tape du pied, impatiente, et me fait signe d'entrer.

Je ramasse mes livres à la hâte. Puis, après avoir adressé un petit sourire gêné à Clara, je pénètre dans le local en passant devant Liliane. Celle-ci m'enlève ma casquette à la volée et la coince entre mes livres.

– Si tu enlevais cette horrible chose de temps à autre, tu verrais probablement où tu mets les pieds.

Je me dirige vers mon pupitre sous le regard amusé des autres élèves. Misère! Je sens que je vais en entendre parler longtemps de cette malheureuse collision.

– Prenez vos livres de géographie à la page trente-cinq, ordonne Liliane. Aujourd'hui, nous allons étudier...

Le reste se perd. Je suis beaucoup trop occupé à penser à Clara pour me soucier de la géographie.

Quels yeux elle a! De près, elle est

encore plus jolie que je ne l'avais imaginé. Quel dommage qu'elle ne soit qu'en quatrième année. Il serait plus facile de trouver des prétextes pour lui adresser la parole si elle était dans ma classe.

– Étienne ! Ohé, Étienne !

Je me secoue et reprends pied dans la réalité. Tous les visages sont tournés vers moi, un sourire moqueur aux lèvres. Bon ! Qu'est-ce que j'ai encore fait ?

Je lance un regard interrogateur à Liliane.

– Bienvenue parmi nous, Étienne, ironise mon professeur.

Le grand dadais assis derrière moi pouffe de rire.

– Pourrais-tu continuer à lire à ma place ? enchaîne Liliane. Si ce n'est pas trop te demander, bien entendu.

– Lire ? dis-je bêtement. Où ça ?

La classe entière s'esclaffe

maintenant.

– Où nous étions rendus, rétorque Liliane.

Je pique du nez à la page trente-cinq et commence ma lecture d'une voix mal assurée.

– « Le climat est très chaud dans les plaines et... »

– Tu es deux pages en retard, m'interrompt mon professeur. Nous sommes au dernier paragraphe de la page trente-sept. Essaie donc d'être plus attentif, mon garçon.

Je tourne les pages avec précipitation. Puis je reprends ma lecture.

– « ... Les poules picorent librement et font entendre leur cri aigu de... »

J'arrive au bas de la page. Je la fais glisser sous mon index. Au dos, apparaît une grande illustration. Je plonge dans la lecture de la page suivante.

– « ... leur cri aigu de... ¡Ayudame,

por favor ! »

Je demeure pétrifié, la bouche grande ouverte. Ce que je viens de lire là ne fait sûrement pas partie de mon livre de géographie. Ces quelques mots incompréhensibles sont écrits à la main sur un feuillet glissé entre les pages. Un papier que je n'ai jamais vu avant.

Je ramasse le feuillet, l'air tout à fait hébété. À ce moment-là, j'entends un formidable éclat de rire.

Je lève la tête. Autour de moi, une vingtaine d'élèves s'amusent à mes dépens. J'avoue qu'il y a de quoi, car c'est bien la première fois que des poules se mettent à parler, même dans une langue étrangère !

Chapitre 2

Le guet

Déjà quatre heures ! Je commence à avoir des fourmis dans les jambes, moi. Je suis assis depuis une demi-heure sur le muret qui ceinture la cour de l'école. J'attends Clara. Toutefois, elle tarde à sortir.

Sans quitter la grande porte des yeux, je fais tourner l'étrange feuillet au fond de ma poche. Se pourrait-il que la petite fille aux longues tresses noires l'ait glissé dans mon livre ?

Je voudrais bien savoir ce que signifient ces drôles de mots : « ¡ Ayudame, por favor ! » Je me demande de quelle langue il s'agit. De l'italien... ou de l'espagnol, peut-être...

Je sors le mystérieux billet et le déplie, probablement pour la millième fois. Je répète un à un les mots étrangers, comme s'ils allaient tout à coup me livrer un secret. En vain. Le message demeure toujours aussi obscur.

Je scrute les caractères griffonnés à la hâte. Si seulement je pouvais reconnaître l'écriture... Je me penche davantage sur le papier. Mais les hautes lettres pointues ne me disent rien du tout.

Je soupire de dépit en relevant la tête. À cet instant, j'aperçois les deux tresses noires qui s'en vont là-bas. Clara tourne le coin de la rue en

compagnie d'une amie. Zut et rezut!
Je l'ai manquée. Ah, c'est bien ma
chance!

Je saute en bas du muret tout en
enfouissant le papier dans ma poche.
Vite! Il me faut la rattraper. J'enfile la
bretelle de mon sac à dos et je me
lance dans une course folle.

Je tourne le coin de la rue à toute
allure. Je me retrouve face à face
avec une dame qui promène son
chien. J'effectue un crochet pour passer entre les deux. Sauvé! Mais je me
suis réjoui un peu trop tôt, car mon
pied s'accroche dans la laisse du
toutou.

Je fais un vol plané et j'atterris la
tête la première dans le sac de provisions d'un vieux monsieur qui vient
derrière. Le pauvre homme pousse
un cri. Les victuailles dégringolent
sur le trottoir dans un brouhaha
assez remarquable. Moi, je m'écrase

au sol sur une pomme de laitue !

Toute la rue s'est retournée. Clara et son amie aussi, malheureusement.

Misère ! Il y a vraiment des jours où rien ne va !

Chapitre 3

À la recherche
d'une explication

Deux collisions dans la même journée! La petite fille aux grands yeux noirs va sûrement penser que je passe ma vie à quatre pattes.

Je me relève à toute vitesse, le visage cramoisi, en bredouillant des excuses au monsieur. Je ne regarde personne. J'ai bien trop honte. Je ramasse les victuailles et les jette pêle-mêle dans le sac. Tant et si bien qu'une tomate finit par rouler en bas du trottoir. Je me précipite pour la récupérer. Mais au moment où je vais me pencher, une main toute menue la saisit.

– Tiens, fait Clara.

Je lui jette un regard en biais. Son visage est sérieux. Toutefois, je vois bien qu'elle se mord la lèvre pour ne pas éclater de rire.

Je tends le sac de provisions au monsieur en bafouillant de nouvelles excuses. Puis, je ramasse ma belle casquette vert fluo et la cale sur ma tête pour me donner une contenance. Une feuille de laitue glisse aussitôt devant mes yeux. Je soupire, malheureux.

– Ce n'est vraiment pas ma journée aujourd'hui, dis-je en enlevant de ma figure le morceau de verdure.

La petite fille rit de bon cœur

maintenant.

– Où allais-tu comme ça ? demande-
t-elle enfin. Tu avais l'air si pressé.

Je toussote.

– Je voulais te parler... Seul à
seule.

Clara me regarde, d'un air interrogateur. Puis, elle adresse un petit salut
de la main à l'amie qui patiente plus
loin.

– D'accord. Allons au parc.

Nous traversons à l'intersection et
nous nous engageons dans l'allée bor-
dée d'érables centenaires. J'attends
que Clara se soit assise sur un des
grands bancs pour m'installer à ses
côtés, le cœur battant. Je suis si
nerveux que j'en oublie pourquoi
nous sommes là.

– Alors ? m'encourage Clara après
quelques minutes de silence. Tu
voulais me parler ?

– ... Euh, oui ! Voilà... Je voulais

savoir...

Je sors le papier chiffonné de ma poche et le lui tends.

– C'est toi qui a glissé cette feuille dans mon livre de géographie ?

Les sourcils de Clara deviennent des accents circonflexes.

– Moi ? Non, pas du tout. Je n'ai jamais vu ce papier auparavant.

– Ah ! dis-je, déçu.

– C'est un étrange message, reprend Clara pensivement.

– Un étrange message ? Comment ? Tu peux lire ce qui est écrit là ?

– Bien sûr. C'est en espagnol et moi, je suis née au Salvador.

Je fais un effort de mémoire surhumain pour me rappeler où se situe le Salvador sur la carte. En vain. Voilà qui m'apprendra à mieux écouter la leçon de géographie de Liliane.

Cependant, Clara fait semblant de

ne pas remarquer ma gêne.

– Comme tu sais, le Salvador est un pays d'Amérique centrale. Donc l'espagnol est ma langue maternelle.

Voilà qui explique tout. La peau si dorée de Clara même en plein mois d'octobre. Les yeux presque noirs et cette drôle de façon de rouler les « r » sur le bout de la langue.

– Alors, si tu parles l'espagnol, dis-je avec admiration, tu peux me traduire ce message en français.

– Eh bien, c'est curieux. On dirait que quelqu'un est en difficulté...

Je me rapproche de Clara, les yeux pétillants de curiosité.

– Ah oui ?

– « Por favor » signifie « s'il te plaît » et « ayudame » veut dire « aide-moi ». Tu sais, Étienne, reprend Clara plus bas... je crois qu'il s'agit là d'un appel de détresse.

Chapitre 4

Une main venue
de loin

Je tourne le papier entre mes doigts en l'observant attentivement sous tous ses angles. Cependant, il refuse, depuis hier, de me livrer la clé du mystère.

Qui a bien pu écrire ce message? À part Clara, je ne connais personne qui parle l'espagnol.

Non, décidément, je ne vois pas...

À moins... À moins que tout cela ne soit une blague.

Je lève la tête et je jette un coup d'œil autour de moi. Personne ne me regarde. Tous les élèves écoutent attentivement la leçon de mathématiques de Liliane.

Qui aurait pu me jouer ce tour pendable ? Caroline, la facétieuse ? Ou peut-être Marc. Ou même ce grand dadais de Pierre-Luc qui est assis juste derrière moi. Il lui aurait sans doute été facile de glisser le billet dans mon volume sans que je m'en aperçoive.

J'ouvre le livre de géographie aux pages 38 et 39. Un peu craintivement, car je m'attends presque à y retrouver un deuxième message.

Cette fois-ci, cependant, il n'y a rien. Rien à part la grande illustration qui fait toute la page. L'image d'un petit village de montagne du Pérou.

Les silhouettes des paysans massés sur la grande place se découpent sur un ciel limpide. Des jeunes garçons tiennent des ballots de foin et des fleurs séchées. Hommes, femmes et enfants sont coiffés de jolis bonnets à pompon fort colorés. C'est une très belle photographie. Tout a l'air si paisible dans ce village.

– ... Et quel est le résultat de cette division ? fait tout à coup la voix de Liliane à travers mes rêveries. Voyons voir. Qui peut me répondre ?

Je retiens ma respiration. Zut ! Elle va sûrement me pointer du doigt. Ça ne rate jamais, bien entendu. Chaque fois que je suis distrait, elle me pose une question.

– Corinne, tu as la solution ? continue Liliane.

Ouf ! Je respire à nouveau. J'ai été épargné pour une fois. Il faut quand même que ce soit mon jour de chance de temps en temps !

J'abandonne Corinne à ses problèmes et je replonge dans la contemplation du village péruvien.

Tout à coup, mon regard se fige. J'observe l'image avec perplexité. On dirait... On dirait qu'elle a changé. Je ne peux pas expliquer. C'est étrange. J'ai l'impression qu'il manque quelque chose...

Fébrilement, je fais l'inventaire de la photographie. Les montagnes. Le village paisible. Les paysans regroupés sur la grande place. Les jolis bonnets à pompon. Les jeunes garçons aux bras chargés de ballots de foin et de gerbes de fleurs séch...

Les fleurs ! Voilà ce qui ne va pas ! Il y en a une brassée par terre. J'aurais juré qu'elle n'y était pas tout à l'heure et que les garçons étaient plus nombreux ! Comme si... comme si l'un d'eux avait disparu !

Je porte la main à ma bouche. Hein? Je rêve ou quoi? C'est impossible! Une image ne peut pas se modifier. Ce n'est que du papier. Elle n'est quand même pas vivante!

Je m'appuie vivement au dossier de ma chaise pour ne pas défaillir. Mon front se couvre de gouttes de sueur. Quelle est donc cette magie?

Je ferme les yeux et compte jusqu'à dix. Peut-être l'image sera-t-elle intacte quand je les ouvrirai à nouveau... Peut-être n'ai-je pas suffisamment dormi la nuit dernière...

... neuf, dix. Je soulève les paupières. La brassée de fleurs est encore par terre et le garçon toujours manquant.

Je laisse échapper un petit gémissement à peine audible. Tant pis! Je vais refermer ce livre et je jure de ne plus jamais l'ouvrir à ces fichues pages 38 et 39.

Je saisis la couverture arrière. Je m'apprête à fermer le volume quand la chose la plus folle, la plus insensée se produit. Un bout de papier surgit en plein milieu de l'image.

Je fixe, hypnotisé, le papier froissé. Ma bouche est béante d'étonnement. Mais aucun son ne s'en échappe. Je reste muet.

Le papier se soulève davantage et une main apparaît. UNE MAIN ! Une main, sortie en plein milieu de l'image et qui agite le papier comme un drapeau !

Je jette un coup d'œil paniqué autour de moi. Personne ne regarde de mon côté. Fiou !

Lentement, comme si je craignais de me brûler, je m'approche du papier tendu. Au même moment, j'entends un cri terrible. Je lève les yeux.

Liliane est debout, pâle comme une morte. Elle regarde dans ma direction. Zut! Elle a vu la main.

La pauvre femme avance de quelques pas, les yeux exorbités comme ceux d'une grenouille. Elle pointe un doigt tremblant vers moi. Puis, elle tourne sur elle-même et s'écroule sur le plancher, évanouie.

J'agrippe le billet et je referme le livre d'un coup sec. Juste à temps, car tous les regards se tournent vers moi, interrogateurs.

Plus mort que vif, je me force à esquisser un sourire stupide.

– Elle n'est jamais contente! dis-je en haussant les épaules. Pour une fois que je suivais!

Chapitre 5

Appel de détresse

Je fais les cent pas devant le banc du parc où je me suis assis en compagnie de Clara avant-hier. De temps à autre, je bâille à m'en décrocher la mâchoire.

Il faut dire que j'ai à peine dormi la nuit dernière. Je n'en ai pas eu le temps. Mon esprit était beaucoup trop occupé à ressasser toute cette histoire de main et de messages sortis de nulle part.

Cent fois, pendant cette nuit d'insomnie, j'ai essayé de me persuader que j'avais été victime d'une hallucination... Qu'une main ne peut pas surgir d'un manuel de géographie. Cependant, il me faut bien me rendre à l'évidence. Mon enseignante aussi l'a bien vue, cette main. La pauvre Liliane s'en remet difficilement d'ailleurs. Elle était en congé aujourd'hui. « Surmenage », a dit le directeur.

Je consulte ma montre. Quinze heures quarante et une. Clara est en retard. J'espère qu'elle n'a pas oublié notre rendez-vous. Je compte sur elle pour me traduire la missive que m'a remise « la main » hier. Et puis, il faut bien le dire, j'ai hâte de revoir les grands yeux noirs de ma nouvelle amie.

Je recommence à marcher de long

en large en attendant Clara. Les feuilles multicolores fraîchement tombées s'entassent en un tapis épais qui crisse sous mes pas. Tout près du banc, elles forment un amoncellement particulièrement impressionnant.

Je ne peux résister à l'envie d'y donner un grand coup de pied.

– Ayoye.

Les larmes aux yeux de douleur, je m'affale dans les feuilles odorantes. Devant moi, en plein milieu du tas maintenant éparpillé, trône une énorme pierre.

J'entends des éclats de rire dans mon dos. Je me retourne. Juste à temps pour voir trois jeunes de deuxième année détaler comme des lapins. Misère!

J'avance sur les mains et les genoux à travers les feuilles pour récupérer ma casquette vert fluo.

– Hum, hum, fait alors une voix

tout près de moi.

Je relève la tête. Clara me regarde d'un œil amusé. Me voilà de nouveau à quatre pattes devant elle.

Je tente de me remettre debout en quatrième vitesse. Je ne parviens qu'à trébucher davantage. On jurerait que j'ai vingt jambes qui ne font que s'empêtrer les unes dans les autres.

J'arrive enfin à reprendre pied, l'air plus niais que jamais.

– Ah, salut! dis-je d'un ton embarrassé. J'avais peur que tu m'aies oublié. On s'assoit?

Clara s'installe sur le banc. Je me laisse tomber tout près d'elle. Mon amie m'observe de ses grands yeux sombres et un peu curieux.

– Qu'avais-tu de si urgent à me dire aujourd'hui?

Je sors la seconde missive de ma poche et la lui tends.

– J'ai reçu un autre de ces messages

en espagnol. Tu pourrais me le traduire s'il te plaît ?

Le visage de Clara s'anime.

– Un deuxième billet ? Et où l'as-tu
trouvé, celui-là ? Dans ton manuel de
géographie ?

J'hésite. Devrais-je lui raconter
l'épisode de la main ? Ah et puis non !
Elle me prendrait pour un cinglé, car
il faut vraiment le voir pour le croire.

– Heu... Oui, c'est ça... Dans mon
manuel...

Clara se penche sur le message et
lit le texte, tout bas, en espagnol. Elle
fronce les sourcils au fur et à mesure
qu'elle progresse dans sa lecture.

L'impatience me ronge.

– Qu'est-ce que ça raconte ?

Mon amie lève enfin les yeux. Elle
a un petit air sceptique qui ne me dit
rien qui vaille.

– Cette histoire ne tient pas
debout ! s'exclame-t-elle. Tu sais,

Étienne, je crois que quelqu'un te fait une blague. À mon avis, il vaudrait mieux oublier ces messages.

– Pourquoi ? Qu'y a-t-il donc d'écrit sur ce papier ?

– Eh bien voilà, reprend mon amie, il dit à peu près ceci : « Tu es notre dernière chance. Demain, je viendrai te rencontrer à la même heure qu'aujourd'hui. Je t'en prie, ne sois pas en retard. Je n'ai que peu de temps pour tout t'expliquer... »

– Zut de zut ! dis-je alors, interrompant Clara. J'ai reçu ce message hier. J'ai donc raté le rendez-vous. C'était pendant le cours de mathématiques de cet après-midi.

– Tu ne vas tout de même pas prendre ces histoires au sérieux ? s'inquiète Clara.

Je regarde mon amie, à l'agonie. Si elle avait vu la main, comme moi, elle ne me poserait sûrement pas une telle question. Mais je ne peux rien lui raconter. Pas encore.

Je soupire.

– Que dit le message ensuite ?

– Eh bien, le reste est encore plus farfelu, commente Clara en piquant du nez vers la fameuse missive.

Mon amie se racle la gorge et adopte un ton faussement dramatique pour lire la suite.

– Le temps presse, continue-t-elle. Et toi seul peux nous sauver...

Clara me fait un clin d'œil taquin puis reprend, d'une voix théâtrale.

– ... toi seul peux nous sauver... de la malédiction. »

Chapitre 6

Viendra,
viendra pas...

– Hum, très intéressant, commente Clara, l'air un peu ennuyé, en refermant mon album de collection de bandes dessinées Bazooka. Qu'est-ce qu'on fait maintenant ?

Nous sommes assis au bureau de ma chambre. C'est samedi. La mère de Clara lui a permis de venir jouer chez moi.

Depuis quinze minutes, j'essaie de gagner du temps, le livre de géographie bien ouvert sur mon bureau.

Je jette un coup d'œil inquiet à ma montre. Trois heures moins cinq. Normalement, en semaine, je suis en plein cours de mathématiques à cette heure. Pourtant, l'auteur de la lettre ne s'est pas encore montré. Il ne viendra probablement plus. Je rage d'avoir manqué le rendez-vous d'hier après-midi.

– Alors, reprend Clara en me secouant doucement le bras pour me sortir de la lune. Qu'est-ce qu'on fait maintenant ?

Je soupire tout en promenant nerveusement mon doigt sur le rebord du livre de géographie. À la page trente-huit, plus précisément. Toutefois, aujourd'hui, l'image demeure immobile. Chaque chose y est à sa place.

Je lance un regard en biais à Clara. Elle attend sagement, les mains posées sur les genoux, les tresses ramenées devant les épaules. Ah! Si seulement l'auteur de la lettre pouvait se manifester! J'aimerais bien partager ce secret avec mon amie.

– Je voulais te présenter quelqu'un, dis-je d'un ton empreint de mystère.

– Pas ton correspondant anonyme, j'espère, s'exclame Clara en pouffant de rire.

Je laisse échapper un nouveau soupir. Puis je commence à ranger mon bureau, lentement, en gardant toutefois le volume de géographie ouvert. Au cas où...

Je remets les albums de collection sur le rayon de ma bibliothèque avec mauvaise humeur.

Soudain, un cri étouffé me tire de mes pensées moroses. Je tourne la tête vers le bureau.

Clara s'est levée et a repoussé sa chaise.

– Qu'y a-t-il? dis-je en me précipitant vers elle.

Son visage a perdu sa belle couleur dorée. Elle est très pâle.

– Là, souffle-t-elle, terrifiée, sans même me regarder. Là!

Chapitre 7

Une prison
peu ordinaire

Clara tend le doigt vers le livre de
géographie, toute tremblante. Ses
lèvres laissent échapper un gémissement.

Je penche la tête vers l'image du
village péruvien. Un des garçons a
quitté sa place habituelle. Il se dirige
vers nous.

Je soupire de soulagement.

– Je savais bien qu'il viendrait.

Clara me regarde alors, une immense surprise plein les yeux.

– Les messages ? C'est lui ?

J'acquiesce du menton. Mon amie se tourne à nouveau vers la photographie et laisse échapper une nouvelle exclamation.

– Wow !

Je la regarde avec admiration. Liliane, elle, est tombée dans les pommes quand elle a vu la main. Quel sang-froid elle a, cette Clara !

Le garçon s'approche si près que son visage emplit presque toute l'image. Mon amie ne peut s'empêcher alors d'avoir un léger mouvement de recul. Cependant, elle se reprend aussitôt.

Je chuchote à son oreille.

– Dis-lui bonjour en espagnol et demande-lui comment il s'appelle.

Clara se tourne vers moi, les

sourcils levés.

– Tu veux que je parle à un livre ?

– Clara, il est bien réel, ce garçon.

Mon amie hésite, puis se penche un peu vers le visage de mon manuel scolaire.

-¡ Holà ! ¿ Cómo te llamas ? demande-t-elle d'un ton peu assuré.

Dès qu'elle a prononcé ces mots, la figure du garçon s'éclaire. Puis il se met à parler très vite.

Clara écoute, sidérée, la réponse de l'image.

– Je n'en crois pas mes yeux ni mes oreilles, fait-elle. Le bouquin m'a répondu.

– Qu'est-ce qu'il dit ? Qu'est-ce qu'il dit ?

– Eh bien, continue mon amie, le regard émerveillé, il se nomme Natualc. Il...

Toutefois, Clara n'a pas le temps de poursuivre. Le garçon l'interrompt d'une longue tirade. De temps à autre, tout en parlant, il jette de petits coups d'œil nerveux derrière lui.

Clara l'écoute attentivement. À mesure que progresse l'histoire de Natualc, la bouche de mon amie s'agrandit d'étonnement.

Je brûle d'impatience de savoir enfin ce qui met une telle frayeur sur la figure du garçon. Et une telle urgence dans sa voix.

Natualc se tait enfin. Je regarde Clara. Elle a les yeux ronds comme des billes. Au moment où je vais lui demander de traduire, le visage dans l'image s'anime à nouveau.

– ¿Vendrás, por favor? demande Natualc en me regardant droit dans les yeux.

Je ne comprends pas l'espagnol. Toutefois, le ton du garçon est si intense, son air si suppliant que je ne peux m'empêcher de faire oui de la tête.

Alors, un grand sourire emplit l'image.

– Gracias, murmure le garçon d'une voix empreinte de gratitude avant de s'éloigner au pas de course.

– Hé! Attends un peu.

Mon cri vient trop tard. Natualc a déjà ramassé ses fleurs et repris sa place dans l'image.

Je me tourne vers Clara, en quête d'une explication.

– Pourquoi s'est-il enfui ainsi?

Mon amie se frotte les yeux, un peu comme on fait lorsqu'on s'éveille d'un rêve.

– Parce qu'il n'a que ces cinq minutes de liberté chaque jour. Le reste du temps, il est prisonnier. Comme les gens de son village d'ailleurs.

– Prisonnier?

– Oui. Prisonnier du temps passé.

Chapitre 8

La porte des mondes

J'ouvre la bouche si grande que ma mâchoire menace de se décrocher.

– Prisonnier du temps passé ? Tu veux bien m'expliquer, s'il te plaît ?

Clara se lève et se met à arpenter la pièce d'un bout à l'autre.

Je ne la quitte pas des yeux.

– Eh bien voilà ! Ce village que tu vois sur la photographie est situé sur un haut sommet de la cordillère des

Andes. C'est une chaîne de montagnes d'Amérique du Sud, ajoute-t-elle devant mon air perdu. Il y a plusieurs années, un feu a complètement détruit la maison du « brujo » du village. Seules une partie de la façade et la porte sont restées debout.

– C'est quoi, un « brujo » ?

– Un homme doté de pouvoirs... euh, comment dit-on... de pouvoirs surnaturels. Un sorcier, si tu préfères.

Je siffle entre mes dents, franchement épaté.

– Un sorcier ? Eh bien dis donc !

– Un jour, continue Clara, un visiteur est monté jusqu'au village. Un photographe.

– C'est lui qui a pris le cliché de la page trente-huit, je suppose ?

Clara me lance un regard admiratif.

– Exact. Tu ferais un bon détective... Donc l'étranger est resté quelques jours pour prendre des photos de la région. Puis, avant de partir, il a voulu saisir une dernière fois sur pellicule le village et ses habitants.

– La photo de mon manuel !

– Tout juste, répond Clara. Il s'est reculé pour bien cadrer son sujet. Cependant, la façade de la maison incendiée du «brujo» le gênait. Alors, avant même que les paysans aient pu l'en empêcher, l'homme a ouvert la porte, a mis le pied sur le seuil et a pris sa photo. Celle de ton livre...

Je jette un regard d'incompréhension à mon amie.

– Il a ouvert la porte ? dis-je comme un perroquet. Et après ? Ce n'était pas bien grave.

Clara s'assoit près de moi.

– Personne ne doit franchir le seuil de la maison d'un «brujo» sans y être invité, m'a expliqué Natualc. Encore moins un étranger ! Car la maison du sorcier est sacrée. Sa porte établit une frontière entre les mondes. Elle sépare hier de demain. Ici de là. Avant d'après...

Je me surprends à chuchoter.

– Et alors ? Que s'est-il donc passé ensuite ?

– Un terrible châtiment s'est abattu sur les gens du village, puisqu'ils n'avaient pas su protéger la porte des mondes.

– Un châtiment ? dis-je, de plus en plus captivé par l'histoire.

– Oui. Un genre de malédiction. Ils ont été condamnés à revivre cette même journée, jour après jour, pendant dix longues années.

Je demeure muet d'étonnement quelques instants. Prisonniers du temps passé ! Quel étrange sortilège !

J'essaie de m'imaginer revivant pendant dix ans la journée de mercredi, par exemple. Je me vois m'étaler de tout mon long dans le corridor de l'école encore et encore. Quelle horreur!

Je me secoue pour échapper à cette désolante vision.

– Pauvres villageois! C'est une terrible malédiction, dis-je enfin. Mais nous, que pouvons-nous y faire?

– Les dix années se sont écoulées. Le mauvais sort se termine demain, reprend Clara...

– Donc tout est pour le mieux. Les gens du village pourront enfin recommencer à vivre normalement.

– Pas tout à fait, soupire mon amie. Le sortilège prendra fin seulement si les paysans peuvent verrouiller la porte des mondes, le moment venu.

– Très bien. Et où est le problème? Ils ont perdu la clé? dis-je en pouffant de rire.

– Pas exactement. On la leur a

volée.

Le rire s'éteint sur mes lèvres.

– Zut ! Voilà un dur coup pour eux. Qu'est-ce qui arrivera alors ?

Clara se penche davantage vers moi.

– La malédiction continuera. Le village de Natualc sera condamné à revivre cette même journée pendant toute l'éternité.

Je me mets à arpenter la chambre à mon tour.

– C'est débile, ce truc, dis-je finalement en m'arrêtant près de mon amie. Mais enfin, que puis-je y faire ?

Clara joue machinalement avec l'une de ses tresses.

– Natualc veut que tu retrouves la clé.

Je sursaute.

– Hein ? C'est impossible ! Comment...

– Il te faut passer de l'autre côté,

m'interrompt Clara. Dans son monde à lui.

– Tu rigoles ?

Je dévisage ma nouvelle amie. Non, décidément, elle ne rit pas du tout.

Je jette un coup d'œil inquiet sur la page trente-huit. La porte des mondes ! Se pourrait-il que je puisse la franchir ?

Lentement, j'approche ma main de l'image. Et si j'essayais d'y entrer ?

Je prends une longue inspiration pour calmer les battements trop rapides de mon cœur. Puis ma main plonge sur la photographie. Je m'attends à rencontrer une surface dure. Mais non. Mes doigts ne sentent aucune résistance. Ils s'enfoncent plutôt dans l'image. Je vois ma main traverser la page et rapetisser de l'autre côté.

Je lâche un cri de stupéfaction en

retirant mon bras à la vitesse de l'éclair. Clara me tient solidement l'autre poignet. Si fort qu'elle me fait mal.

J'agite mes doigts devant mon nez, heureux de les retrouver tous les cinq.

– C'est vraiment débile! dis-je en riant nerveusement. Je n'ai jamais vu un tel truc.

– Incroyable, murmure Clara d'une toute petite voix.

Elle me fixe maintenant de ses grands yeux noirs, l'air inquiet.

– Il faudra que tu sois très prudent quand tu traverseras dans l'autre monde. Je ne voudrais pas qu'il t'arrive malheur.

Je m'étouffe presque.

– Quand je travers... Hé! Attends une minute! Je n'ai pas dit que j'irais là-bas. Et puis, pourquoi ne la cherchent-ils pas eux-mêmes, cette clé?

54

– Ils ne peuvent pas. Rappelle-toi qu'ils sont condamnés à revivre sans cesse la même journée, à refaire les mêmes gestes. Sauf pendant ces cinq minutes où ils ont jadis posé pour le photographe.

Je me gratte la tête, perplexe.

– Et puis, où voudrais-tu que je la cherche, cette clé ?

Clara me regarde d'un air désolé.

– Étienne, il est trop tard pour faire marche arrière. Tu as déjà accepté de les aider.

– Quoi ?

Je me souviens tout à coup de la question que m'a adressée Natualc tout à l'heure et de son air suppliant. Et moi, comme un grand bêta, j'ai fait signe que oui sans savoir ce que j'acceptais.

Je soupire. Ça m'apprendra à me mêler de ce qui ne me regarde pas.

Chapitre 9

Une visiteuse inattendue

– Maman, dis-je du pas de ma porte, Alexandre veut que j'aille jouer chez lui. Il m'a aussi invité à dîner.

– Tu peux y aller, mon grand, répond maman, du salon. Mais n'oublie pas de ranger ta chambre avant de partir. Ta grand-mère arrive en fin d'après-midi et tu sais comme elle est pointilleuse quand il s'agit du ménage, ajoute-t-elle dans un grand soupir.

Je referme silencieusement ma porte en me mordant la lèvre. Je déteste dire des mensonges. Cependant, je n'avais pas le choix. Parce que je me vois mal expliquer à ma mère que je m'apprête à traverser la porte des mondes. De deux choses l'une : ou bien elle en ferait une syncope, ou bien elle me croirait complètement marteau. Alors, je préfère lui dire que je vais chez Alexandre. C'est moins compliqué.

Je dépose sur mon lit le sac brun que j'avais glissé sous mon chandail. Il y a dedans deux sandwichs au beurre d'arachide. Mes préférés.

Je fais l'inventaire des objets éparpillés sur ma douillette pour m'assurer que tout y est. Il y a mon sac à dos, l'emballage des sandwichs et la gourde d'eau. J'ai également prévu des bas de rechange. Puis j'ai sorti mon canif-boussole-tire-bouchon-ouvre-bouteille. Ça peut toujours m'être utile. Et de l'huile à mouche. On ne sait jamais.

– Zut! Où donc ai-je mis ce dictionnaire?

Je fouille avec impatience dans les plis de la douillette, à la recherche du dictionnaire français-espagnol emprunté à tante Aline. Un livre minuscule apparaît enfin entre les fleurs du coton imprimé.

– Ah, le voici! Bon. Je suis prêt.

Je commence à remplir le sac à dos de tous mes accessoires de voyage. Soudain, on frappe à petits coups discrets à ma porte.

Je rabats la douillette à toute vitesse sur le sac à dos.

– Oui? dis-je d'une voix que je m'efforce de rendre naturelle.

La porte s'entrouvre doucement.

Un visage doré encadré de deux tresses noires apparaît alors.

– Clara! Que fais-tu ici?

Mon amie referme la porte derrière elle. Puis elle m'adresse un sourire irrésistible.

– C'est plate, le dimanche. Il n'y a rien à faire. Alors, j'ai décidé de t'accompagner...

Chapitre 10

Le passage

Le regard de Clara ne quitte pas le mien. Elle attend une réponse. Et je dois malheureusement lui en donner une qui ne fera sûrement pas son affaire.

– Non, pas question. C'est peut-être dangereux.

– Tu auras besoin d'une interprète, insiste Clara.

Je découvre le sac à dos et

ramasse le dictionnaire de poche que je mets sous le nez de mon amie.

– J'ai tout ce qu'il me faut pour la traduction.

Clara attrape le livre de poche et y jette un coup d'œil rapide. Puis elle le lance sur le lit.

– Il te faudra des heures pour traduire une simple phrase. Et du temps, tu n'en as pas beaucoup, tu sais. À quinze heures, la porte des mondes doit être verrouillée, sinon la malédiction se poursuivra jusqu'à la fin des temps.

Clara consulte sa montre avant de conclure.

– Il ne te reste donc que six heures à peine pour retrouver la clé. Alors, c'est décidé, je vais avec toi.

Je regarde mon amie. Je sens bien que rien ne pourrait la faire démordre de cette idée. D'une certaine façon, j'en suis soulagé et bien content.

– Entendu, dis-je avec un demi-sourire. Allons-y.

Je place le reste des accessoires de voyage dans le sac à dos et fais glisser la fermeture éclair. Puis je cale ma casquette vert fluo sur ma tête.

– Euh... Je crois que tu devrais mettre un manteau, Étienne. Il risque de ne pas faire chaud sur les hauts plateaux des Andes.

Clara a peut-être raison. Je prends la vieille veste qui est suspendue derrière la porte et je l'enfile. Puis, une fois mon sac à dos bien installé sur mon épaule, j'ouvre mon livre de géographie à la page trente-huit. Je le dépose par terre, près du bureau.

Je jette un coup d'œil circulaire sur les objets familiers de ma chambre. Jamais celle-ci ne m'a paru si accueillante. Et pourtant, il me faut la quitter pour un monde inconnu et mystérieux.

Je soupire.

– Il est temps d'y aller.

Je prends une grande inspiration. Puis je lève le pied et le dépose sur l'image du village péruvien. Il s'enfonce aussitôt, comme aspiré. Je sens bientôt quelque chose de dur de l'autre côté. Le sol du Pérou ! Je passe l'autre pied. En quelques secondes à peine, je disparais jusqu'à la taille.

Clara ne peut s'empêcher de rire nerveusement à me voir ainsi « coupé » en deux.

Je prends une nouvelle inspiration et je ferme les yeux. Puis je plonge dans l'image un peu comme lorsqu'on met sa tête sous l'eau.

Mes narines repèrent aussitôt un changement. L'air est frais, cristallin. Le vent gonfle ma veste. J'ouvre les yeux.

Mon regard se pose sur des sommets encapuchonnés de blanc. Les neiges éternelles! Ça alors!

Je me retourne vers l'ouverture dans la façade de la maison du sorcier. J'y aperçois les grands yeux noirs un peu inquiets de Clara.

Je tends la main à travers la porte des mondes.

– À ton tour maintenant, dis-je.

Je sens les doigts de mon amie agripper les miens. Bientôt, son corps souple glisse à travers l'ouverture et touche le sol. Elle chancelle un peu. Je l'attrape par la taille pour ne pas qu'elle tombe.

La bouche de Clara s'ouvre de stupéfaction dès que son regard se pose sur les hauts sommets enneigés.

– Extra! s'exclame-t-elle.

Je lui fais une révérence en balayant l'air de ma casquette.

– Bienvenue au Pérou, dis-je, solennel.

Chapitre 11

Le village fantôme

– Natualc. Nous sommes venus.

À ma grande surprise, le garçon passe tout droit comme si je n'existais pas. Il continue sa route, entraînant derrière lui deux superbes lamas.

Je me tourne vers Clara.

– Tu as vu ça, dis-je indigné. Nous venons pour l'aider et il nous ignore.

Clara regarde s'éloigner la silhouette de Natualc, perplexe.

– Je me demande... réfléchit-elle à voix haute en s'approchant d'un villageois occupé à plumer une poule sur le pas de sa porte. « ¿Por favor, señor, l'interpelle-t-elle, puede usted decirme... ? »

Cependant, le vieil homme ne relève même pas la tête. Est-il sourd ?

Je me dirige vers une paysanne. Elle tresse un panier de branches en guettant deux jeunes enfants qui jouent dans le sable.

Je m'avance dans le champ de vision de la femme. Toutefois, celle-ci continue à tourner le jonc entre ses mains habiles tout en surveillant les bébés. On dirait... on dirait qu'elle regarde à travers moi.

J'agite la main devant ses yeux. Aucune réaction.

Clara accourt.

– Étienne, c'est incroyable. Ils ne nous voient pas.

– Pas étonnant que quelqu'un ait pu leur dérober la clé. Ils ne s'aperçoivent de rien.

À ces mots, j'enlève le panier des mains de la femme. Elle continue à tresser dans le vide comme si l'objet était toujours là. Je replace aussitôt le panier entre ses doigts, l'air ébahi.

– Au fond, quand on y pense, c'est bien normal qu'ils ne nous voient pas, fait Clara rêveusement. Nous ne faisons pas partie de cette terrible journée d'il y a dix ans.

– Donc, dis-je dans un soupir, il ne faut pas compter sur eux pour savoir où commencer nos recherches. Dommage ! D'autant plus que trouver une clé n'est pas une mince affaire. C'est comme chercher une aiguille dans une botte de foin.

– Pas tout à fait, me corrige Clara. Natualc a dit que la clé de la porte des mondes est très grosse et fort lourde.

– Bon. Voilà au moins un indice. Je propose que nous nous mettions en route sans plus tarder.

– Pour aller où ? demande Clara.

Je me gratte la tête, perplexe.

– Bonne question ! Eh bien... Inspectons tout d'abord les alentours.

Je marche d'un pas résolu jusqu'aux confins du village en suivant le petit chemin poussiéreux. Bientôt, celui-ci amorce une descente abrupte vers la vallée.

Je mets ma main en visière. J'aperçois alors au loin une fourche dans le chemin de terre et de pierres. Je plisse les yeux pour voir où mène le premier sentier. Rien par là. Je tourne la tête vers le second.

– Tiens, tiens, dis-je à l'adresse de Clara qui m'a rejoint. Tu vois la bifurcation du chemin, là, en bas ?

Mon amie hoche la tête.

– Eh bien, suis le sentier secondaire pendant environ un kilomètre. Que vois-tu alors?

Clara demeure silencieuse quelques instants le regard figé vers le lointain, sa main abritant ses yeux du soleil.

– Rien du tout... À moins que... Ça y est, j'y suis! Je vois quelque chose. On dirait un autre village.

Je me frotte les mains de satisfaction.

– Excellent! Alors voilà où nous allons commencer nos recherches.

– Tu crois que la clé s'y trouve?

– Je ne sais pas. Mais là où il y a un village, il y a forcément des gens. Et où il y a des gens, il peut toujours y avoir un voleur. En route.

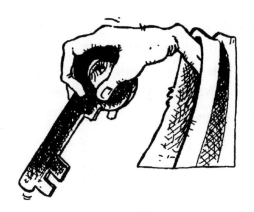

Chapitre 12

Deux espions en expédition

Je frissonne.

– Brrr! Et moi qui croyais qu'il faisait chaud au Pérou. C'est une chance que j'aie mis cette veste.

Je roule l'emballage de papier brun en boule et le jette dans mon sac à dos. Je regarde Clara. Elle engloutit la dernière bouchée de mon deuxième sandwich au beurre d'arachide. Avoir su que j'aurais de la compagnie, j'en aurais préparé davantage.

– Plus bas, il fait sûrement beaucoup plus doux, hasarde mon amie en remontant son col. Toutefois, ici, sur les hauts plateaux, nous ne sommes pas très loin du royaume des neiges éternelles.

Je prends la gourde dans mon sac et je bois quelques gorgées d'eau.

– Ah, dis-je en m'essuyant la bouche avec ma manche, ça fait du bien. Tu en veux ?

Pendant que Clara étanche sa soif, je jette un coup d'œil à la vallée en contrebas. Nous sommes maintenant à un kilomètre à peine du village.

Une rafale de vent particulièrement violente me fait soudain perdre le souffle. Je lève la tête. Hum ! Ces énormes nuages ne me disent rien qui vaille.

– Le temps se couvre un peu. Je

crois que nous ferions mieux de nous hâter.

Je remets la gourde dans le sac à dos. Quelques secondes plus tard, nous reprenons notre expédition.

Nous avançons avec précaution, car le sentier descend très abruptement. À tout moment, de petites avalanches de cailloux se mettent à rouler sous nos pieds. Un seul faux pas et nous risquons de débouler jusqu'en bas.

Nous ne voyons bientôt plus le village. Un bouquet d'arbres tout tordus nous en cache la vue. Mais, soudain, j'entends un âne braire. Puis un bébé pleurer pas très loin. Nous y sommes.

Nous approchons du village en marchant à travers les arbres. Le vent arrache de longues plaintes à leurs branches noueuses. Elles craquent comme si elles allaient se casser.

– Regarde, chuchote Clara à mon oreille, en pointant du doigt vers un vieillard assis près de sa hutte. Si on l'interrogeait ? Il sait peut-être quelque chose.

– D'accord.

Toutefois, nous n'avons pas le temps de quitter notre cachette. Un homme de haute stature, à l'air sévère, sort d'une des huttes. L'individu est drapé dans une grande couverture sombre passée comme un poncho par-dessus ses vêtements. Il avance résolument dans le sentier qui se tortille entre les habitations.

Tout à coup, une silhouette décharnée apparaît au bout du chemin et l'interpelle.

– « Brujo, brujo. »

À ces mots, l'homme à la couverture tourne la tête vers le nouveau venu.

– Il l'a appelé « brujo ». C'est sûrement le sorcier, dis-je dans un souffle. Ainsi, voilà donc où il vivait pendant toutes ces années.

– Qu'est-ce qu'on fait ? demande Clara.

Je réfléchis quelques instants en me rongeant un ongle.

– Je crois qu'il est préférable de ne pas nous montrer. Mieux vaut être prudents. On ne sait jamais avec un sorcier. Il peut lui prendre l'idée de nous changer en poules.

Le second homme rejoint le « brujo ». Tous deux se lancent alors dans une conversation très animée. Le nouveau venu parle très vite, d'une voix un peu geignarde.

Je regarde Clara. Son visage est tendu vers les deux interlocuteurs. Je vois bien qu'elle fait de son mieux pour ne rien perdre de la discussion.

Le sorcier s'éloigne enfin vers sa cabane. L'autre homme demeure immobile, ses lèvres crevassées légèrement ouvertes.

Je me tourne vers mon amie.

– Qu'ont-ils dit ?

– Eh bien, je n'ai pas tout compris. Ils conversaient à moitié en espagnol, à moitié dans une langue que j'entends pour la première fois. Crois-moi, ton dictionnaire ne t'aurait été d'aucune utilité.

– Et de quoi parlaient-ils ?

– L'homme maigre, qui s'appelle Lungo, a supplié le sorcier de ne pas partir. Il dit que l'orge pousse trois fois plus vite dans son champ depuis qu'il est parmi eux. Que ses chèvres donnent deux fois plus de lait.

– Et alors ?

– Le sorcier a refusé. Il retourne vivre là-haut, dans son village, dès que la malédiction aura pris fin.

– ... mais celle-ci ne prendra fin que si la porte des mondes est verrouillée.

– Exact, admet Clara.

– Donc ce Lungo n'a aucun intérêt à ce que le village de Natualc récupère la clé...

Je reporte mon attention vers l'homme maigre, songeur.

Tout à coup, celui-ci se frotte les mains de satisfaction. Puis, il les enfouit dans les poches de sa tunique de laine, deux fois trop grande pour lui. Sa bouche se fend alors d'un large sourire édenté.

– Tiens, tiens, dis-je à mon interprète. Le voilà tout content. C'est curieux. Je me demande ce qu'il mijote...

Cependant, je n'ai pas le temps de continuer davantage. Le maigrichon sort de sa poche un objet qu'il fait tourner entre ses doigts.

J'ouvre le bec aussi grand que le corbeau dans la fable de La Fontaine.

Puis je le couvre machinalement de ma main pour étouffer l'exclamation de surprise que je ne peux m'empêcher de laisser échapper.

Entre ses doigts crochus, l'homme tient une clé grossière, toute noire. Une clé énorme qui semble fort lourde.

Je regarde Clara. Au fond de ses yeux, je lis la même certitude que la mienne.

– Ça, par exemple! Nous l'avons trouvée, chuchote-t-elle enfin. La clé de la porte des mondes!

Chapitre 13

Les pieds
dans les plats

Lungo tourne les talons et se dirige
vers l'autre extrémité du village.
Nous le suivons, à une distance
respectable, en nous abritant de notre
mieux derrière les troncs d'arbres tordus.

– Il faut absolument que nous mettions la main sur cette clé au plus vite,
dis-je dans un souffle. Le temps

presse.

Le maigrichon dépasse les dernières cabanes du village d'un pas rapide. Nous devons alors interrompre notre poursuite, car les arbres se font rares à cet endroit.

– J'espère qu'il ne va pas trop loin ainsi, soupire Clara, sinon nous allons perdre sa trace.

Comme s'il avait entendu la prière de mon amie, l'homme s'arrête enfin devant une habitation éloignée des autres. Il y entre aussitôt.

Je jette un coup d'œil furtif au village derrière nous. Tout y est parfaitement tranquille. Le sentier est désert.

– On peut y aller, dis-je rassuré. Personne ne nous repérera.

Je laisse le couvert des arbres, Clara sur mes talons. Nous avançons à petits pas pressés, en nous tenant un peu courbés vers le sol. Nous atteignons bientôt la hutte du voleur de la clé.

– Faisons-en le tour, dis-je tout bas avec précipitation. Il y a forcément une fenêtre derrière.

Nous enjambons la clôture de branches chambranlante qui ceinture le champ. Puis nous nous glissons le long de la hutte de terre durcie.

– Voilà la fenêtre, chuchote Clara en désignant une ouverture basse percée dans le mur à deux mètres de nous.

Je m'y dirige aussitôt. Mais, dans ma hâte, je ne vois pas le petit monticule de terre noire entassé près du mur et je mets mon pied en plein dedans. J'enfonce aussitôt jusqu'à la cheville.

– Zut, dis-je en retirant précipitamment mon pied du tas d'où monte aussitôt une odeur nauséabonde.

Je me bouche le nez. Clara en fait autant. Elle se mord la lèvre pour ne pas éclater de rire.

– Ce n'est pas de la terre, dis-je dans un soupir exaspéré. C'est du fumier.

Je secoue mon pied avec vigueur. Clara, elle, fait un grand détour pour se rendre jusqu'à la fenêtre.

Je la rejoins, la mort dans l'âme. Une paire d'espadrilles neuves ! Maman va sûrement me faire une scène !

Je m'installe sous la fenêtre munie de barreaux, à côté de mon amie. Puis je me soulève, juste assez pour me permettre de jeter un coup d'œil à l'intérieur.

– Tu vois quelque chose ? dis-je pendant que mes yeux s'habituent à la pénombre de la cabane.

– Il a suspendu sa tunique à un clou sur le mur. Je vais essayer de l'atteindre. Si je réussis, on pourra s'emparer de la clé.

– Fais bien attention. Il ne doit pas te repérer.

– Il a traversé dans l'autre pièce. De toute manière, c'est une chance à prendre. Il nous faut absolument cette clé.

Clara se lève davantage. Puis elle passe son bras entre les barreaux de l'ouverture. Je la vois s'étirer, le visage écrasé contre la grille.

– Je n'y arrive pas. Essaie, toi. Tes bras sont plus longs que les miens.

Je passe la main, puis le bras entre les barreaux. Je pousse. Je m'étire. Je pousse encore. Rien à faire !

J'abandonne enfin, découragé par ces essais infructueux, le visage trempé de sueur. Je m'accroupis sous la fenêtre. Une branche craque sous mon poids.

Une branche ! Voilà ce qu'il me faut.

Je saisis le bout de bois. Puis je

passe à nouveau le bras gauche entre les barreaux.

Quelques acrobaties plus tard, j'accroche finalement la poche de la tunique du bout de la branche. Le vêtement vient vers moi, toujours suspendu à son clou.

De ma main libre, j'agrippe la poche. Je laisse tomber ma branche et j'enfouis aussitôt la main gauche dans les profondeurs du tissu rugueux.

Je laisse alors échapper une exclamation de déception.

– Tu l'as ? demande Clara sans trop d'espoir.

Je soupire en lâchant la tunique qui oscille comme un pendule au bout de son clou.

– Elle n'y est plus.

Au même moment, une grosse clé noire en fonte descend devant mes yeux.

Qu'est-ce que c'est ? De la magie ?

Je lève la main pour saisir la clé qui s'échappe aussitôt vers le haut. À cet instant, j'entends un rire inquiétant dans mon dos. Puis je sens une haleine chaude dans mon cou.

Je me retourne d'un seul bloc. Clara fait de même en poussant un petit cri.

L'homme maigre est là. Il nous regarde d'un air mauvais.

De sa main noueuse, il brandit la clé tant convoitée qui devient ainsi une arme menaçante. Il pourrait nous en fendre le crâne d'un seul coup.

J'avale ma salive avec difficulté. Puis je me tourne vers Clara, penaud.

– Je crois que nous avons un léger contretemps.

Chapitre 14

Une aide pas si bête

– Tu y arrives ? demande Clara d'une voix où perce l'anxiété.

– Non. Rien à faire. Ce n'est pas assez coupant, dis-je, contemplant avec déception la marmite en fonte.

Depuis plus d'une heure, nous sommes prisonniers dans la hutte de Lungo. Et depuis plus d'une heure, j'essaie de trancher mes liens en les frottant contre le bord de l'énorme récipient.

Je soupire bruyamment en pensant à mon canif-boussole-tire-bouchon-ouvre-bouteille. Mais voilà ! Mon sac à dos repose sur le sol, hors de ma portée.

– Si seulement nous pouvions nous rapprocher l'un de l'autre. Je pourrais peut-être arriver à détacher tes liens, soupire Clara.

Je regarde mon amie. Elle est assise par terre, solidement retenue par les jambes à un anneau fixé dans le sol. Comme moi, ses bras sont liés derrière son dos.

– J'ai une crampe dans le mollet, dis-je en considérant avec amertume mes pieds attachés à la grille de l'âtre.

– Je crois que nous n'arriverons pas à atteindre le village de Natualc avant l'heure fatidique, s'attriste Clara.

Je jette un coup d'œil chargé de

rancœur sur la grande clé de fonte. Elle pend tranquillement au clou où était suspendue la tunique un peu plus tôt.

– Si seulement je pouvais défaire ces liens de malheur, dis-je avec mauvaise humeur.

Tout à coup, derrière moi, j'entends un bruit bizarre. Comme un claquement de langue sourd. Je tourne la tête. Deux grands yeux jaunes m'observent d'un air presque indifférent à travers les barreaux.

– Regarde-moi cette petite bête, dis-je, étonné, à Clara.

– C'est une chèvre de montagne.

– Qu'est-ce qu'elle mange là ? On dirait un bout de tissu.

– C'est bien possible. Les chèvres sont reconnues pour avoir un estomac d'acier. Elle mangent à peu près tout ce qui leur tombe sous la patte.

Je hoche la tête. Un petit sourire

se dessine sur mes lèvres. Très intéressante, cette histoire!

Je m'accroupis près de la marmite. Il y reste un peu du repas du midi. Je passe mes bras liés à l'intérieur de l'énorme récipient et les frotte dans le ragoût figé.

– Qu'est-ce que tu fais là ? demande Clara.

– Tu vas voir, dis-je d'un ton énigmatique.

Je me remets debout, puis je me laisse tomber contre le mur, les bras levés derrière moi. À force de contorsions, je réussis enfin à passer mes poignets entre les barreaux.

La chèvre me regarde de ses incroyables yeux jaunes.

– Viens fifille, lui dis-je alors. Viens manger. C'est bon. Le bon ragoût...

L'animal avance dédaigneusement. Puis il renifle mes mains et les lèche d'une langue râpeuse.

J'éclate de rire.

– Ha, ha! Ho, ho! Assez, arrête. Ouille, ça chatouille.

La grosse langue rose continue d'assaillir mes mains. Puis la chèvre attaque ensuite du bout des dents la corde grossière imbibée de bouillon de ragoût.

Clara n'en croit pas ses yeux.

– Étienne, tu es un génie.

Je rougis du compliment, assez content de moi. Mais soudain, une douleur cuisante à la main m'arrache un gémissement.

Je me retourne. La chèvre me regarde d'un air niais en mastiquant un morceau de corde. J'aperçois, à la base de mon pouce, une marque rougeâtre.

– Dis donc, tu fais attention, hein! C'est la corde que tu dois manger, pas mes doigts.

Pendant cinq bonnes minutes,

la chèvre continue à grignoter mes liens. Tant et si bien qu'ils se relâchent peu à peu.

Je donne quelques coups pour tenter d'écarter mes bras. Tout d'abord, rien ne se passe. Puis, à la quatrième tentative, la corde craque et se rompt.

– Victoire! dis-je en lançant l'amas de nœuds à la chèvre qui continue à mâchonner de plus belle.

– Bravo, s'exclame Clara, franchement impressionnée par cette éclatante réussite.

Je m'attaque aux liens qui retiennent mes jambes prisonnières. Je mets plusieurs minutes à en défaire les nœuds. Mes doigts sont engourdis par une heure d'inactivité.

Dès que mes membres sont libres, je me dirige précipitamment vers mon amie.

– À ton tour maintenant.

Quelques instants plus tard, Clara

masse ses poignets endoloris.

– Il faut filer d'ici en vitesse, dis-je en agrippant la clé de fonte. Lungo peut revenir d'une minute à l'autre et je n'ai pas envie de faire plus ample connaissance avec lui.

Je dépose la précieuse clé dans mon sac à dos. Pendant ce temps, Clara entrouvre prudemment la porte de la hutte.

– Personne en vue, dit-elle après avoir scruté les alentours. Nous pouvons y aller.

Nous refaisons en sens inverse et avec autant de précaution le trajet parcouru une heure plus tôt. Bientôt, nous dépassons les dernières maisons du village.

Je jette un coup d'œil à ma montre. Treize heures dix minutes. Pas de temps à perdre ! Dans moins de deux heures, les villageois doivent absolument verrouiller la porte des mondes.

Sinon, ils resteront pour l'éternité prisonniers du temps passé !

Nous nous engageons sur le sentier qui monte à travers les roches et la poussière. Nous devons presque aussitôt ralentir notre allure. L'ascension est si abrupte que nous sommes tous deux terriblement essoufflés.

Une demi-heure plus tard, l'épuisement nous guette.

– C'est étrange, dis-je tout pantelant, en me laissant tomber sur une roche plate près d'un buisson. On dirait que je manque d'air.

– C'est sans doute l'altitude, répond Clara entre deux halètements. Nous sommes à des milliers de mètres au-dessus du niveau de la mer.

Je sors la gourde d'eau de mon sac. Je m'apprête à boire un bon coup lorsque Clara me bouscule soudainement. Le récipient m'échappe et se met à débouler en rebondissant sur des roches ici et là.

– Hé! Qu'est-ce qui te prend? dis-je, désespéré, en m'apprêtant à dévaler la pente pour récupérer la gourde.

– Laisse faire. On n'a pas le temps, s'interpose Clara en pointant du doigt vers le bas de la pente.

Je plisse les yeux pour regarder dans cette direction. Je repère bientôt une forme en mouvement sur notre gauche.

– Enfer et damnation, dis-je, horrifié. Lungo!

Chapitre 15

Tout ce qui monte redescend

–Je n'en peux plus, s'exclame Clara en s'accrochant à ma veste.

Je jette un coup d'œil inquiet derrière nous. Notre ennemi a gagné du terrain. Malgré son air souffreteux, il est en meilleure forme que nous. Ses poumons sont davantage habitués à l'altitude de montagne et il a aussi de plus longues jambes.

– Je t'en prie, Clara. Un dernier coup de cœur. Il faut continuer. Le voleur nous a quasiment rejoints.

Toutefois, mon amie semble incapable de faire un pas de plus. Elle fixe le bout de ses chaussures, le regard vide, le souffle court. Rassemblant mes dernières énergies, je la secoue vigoureusement. Elle réagit enfin.

– Tu vois, dis-je en pointant du doigt le village de Natualc un peu plus haut. Nous y sommes presque.

Clara soupire à fendre l'âme, puis avance de quelques pas héroïques. Lentement, elle reprend sa montée. Je la suis comme une ombre, ployant sous le poids de la clé de fonte.

Nous mettons encore une demi-heure de marche pour atteindre le plateau. Le vilain, lui, s'est rapproché davantage.

– Il arrive! s'écrie Clara d'un ton de panique.

Je regarde désespérément autour de nous à la recherche d'une aide quelconque. Un peu partout, dans le village, des paysans s'occupent à leurs tâches quotidiennes sans nous voir, bien entendu. Aucun secours à attendre de ce côté.

– Il nous faut une arme, dis-je précipitamment. Je vais voir ce que je peux trouver. Attends-moi ici.

Je donne la main à Clara pour l'aider à gravir le dernier mètre de pente. Mais mon amie est si épuisée qu'elle fait un faux pas. Je la retiens de justesse. Derrière elle, les roches détachées par son pied dévalent la pente. Elles entraînent, le long de leur parcours, de nombreuses autres pierres.

Clara et moi, nous nous regardons alors, une même idée au fond des yeux.

– Étienne ! Tu penses à ce que je

pense ? souffle mon amie, un vague sourire aux lèvres.

– Tout à fait. Allons-y !

Nous nous mettons à genoux dans la poussière grise du sentier. Je commence aussitôt à gratter fébrilement la terre autour d'une grosse roche presque ronde. Pendant ce temps, Clara réussit à dégager un tas respectable de pierres de taille moyenne.

Nous nous acharnons ainsi sur la terre aride pendant encore un moment.

– Ça y est, dis-je en délogeant deux derniers morceaux de roc. Nous sommes prêts à recevoir ce cher Lungo.

Le voleur de la clé continue son ascension sans se douter de ce qui l'attend. Alors qu'il parvient à cinq cents mètres à peine de l'endroit où nous nous trouvons, je donne le signal.

– Feu!

Nous faisons rouler nos munitions sur le sentier. Les pierres prennent peu à peu de la vitesse, en accrochant d'autres au passage. Bientôt, une véritable avalanche dévale la pente à la rencontre du vilain. Celui-ci, constatant le danger, se met aussitôt à courir en sens inverse.

Je lâche un cri de victoire, les bras levés vers le ciel.

– Il bat en retraite. Hourra!

Clara et moi, nous nous serrons la main, fort satisfaits de cette réussite.

– Bien joué, cher compagnon d'aventures, me félicite mon amie, d'une voix soulagée. On l'a échappé belle.

– En effet. Il était moins une, dis-je en consultant ma montre d'un geste machinal.

Je sursaute aussitôt.

–Zut alors ! Pas le temps de se reposer. Il est presque quinze heures !

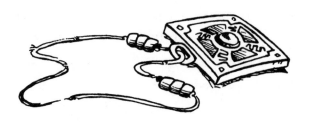

Chapitre 16

L'échange

Nous nous dirigeons à la hâte vers
la façade de la maison du « brujo ». Je
remarque alors que les villageois se
sont rassemblés sur la grande place.
Exactement comme sur la photo de
mon livre. Cela signifie que c'est bientôt l'heure de refermer la porte des
mondes.

Tout à coup, les paysans se tournent vers nous. Ils semblent enfin

remarquer notre présence. C'est un peu comme s'ils s'éveillaient d'un long sommeil. Un sommeil de dix années!

Natualc dépose sa gerbe de fleurs dans la poussière et vient nous rejoindre. Ses grands yeux sombres sont à la fois pleins d'espoir et de crainte. Bientôt, le reste du village se regroupe derrière lui.

Je sors aussitôt la clé de mon sac à dos, un large sourire aux lèvres. Tous les visages s'illuminent alors.

Natualc s'avance tout près de nous. Il pose ses mains sur nos épaules.

– Amigos, murmure-t-il seulement d'une voix étranglée par l'émotion.

Point n'est besoin de traduction. Je sais très bien ce qu'il veut dire. Dorénavant, et au-delà des distances, nous sommes ses amis.

– Il faut y aller, chuchote Clara à mon oreille. Ils doivent refermer la porte des mondes avant qu'il ne soit trop tard.

Je dépose la clé dans la main tendue de Natualc. Celui-ci me regarde, les larmes aux yeux. Puis, d'un geste spontané, il enlève la magnifique amulette qu'il porte autour du cou et me la donne.

– Wow! dis-je émerveillé en retirant ma casquette pour passer le bijou. Merci!

Je me gratte la tête, perplexe. J'aimerais bien laisser à mon tour un souvenir au petit Péruvien. Mais quoi?

Tout à coup, une idée lumineuse me vient. Au lieu de remettre ma casquette, je la cale sur la tête de Natualc, à la place de son bonnet de laine. Le visage du garçon se fend aussitôt d'un large sourire.

– Partons, dis-je enfin à Clara. Je passe devant.

Je me lance à travers l'ouverture de la porte pour retourner dans notre monde. Cependant, à ma grande stupéfaction, il se produit alors une chose absolument incroyable. Je rebondis comme si j'avais été projeté sur un trampoline !

Chapitre 17

Retour
en pays inconnu

Je regarde Clara, éberlué.

– Ça passait pourtant bien tout à l'heure.

Clara tente aussitôt de traverser sa main de l'autre côté de l'ouverture. En vain.

– C'est comme s'il y avait une porte fermée de l'autre côté.

– C'est ridicule voyons. Il n'y a...

Je demeure la bouche ouverte, ma phrase en suspens. Tout à coup, je viens de penser à ma mère, au ménage que je devais faire dans ma chambre pour la visite de grand-mère. Je gagerais que maman a tout rangé. Le livre y compris.

Je me mets à pousser dans l'ouverture avec frénésie. Cependant, il me faut bien me rendre à l'évidence.

— Ma mère a fermé le livre, dis-je enfin, terrassé par cette terrible découverte.

— Quoi ? Mais c'est affreux. Qu'est-ce qu'on va faire ?

De désespoir, je lève les bras au ciel.

— Je n'en sais rien.

Tout à coup, j'entends un murmure dans la foule rassemblée à quelques pas de nous. Les villageois semblent inquiets. Natualc s'approche de nous, l'air tourmenté.

Il s'adresse à Clara. Celle-ci devient blanche comme du lait.

– Qu'est-ce qu'il dit ?

Mon amie triture nerveusement sa longue tresse autour de son doigt.

– Il leur faut refermer la porte et la verrouiller. Sinon, la malédiction ne sera pas brisée.

– Et nous alors ?

Clara ne répond rien. Toutefois, son air angoissé en dit long.

Je rassemble ce qu'il me reste de courage.

– J'essaie une dernière fois.

De toutes mes forces, je pousse de mes mains dans l'ouverture, espérant ainsi soulever les pages du livre. À ma grande surprise, cette fois-ci, je ne rencontre aucune résistance. Clara doit même m'attraper par le fond de culotte pour m'empêcher de basculer.

– C'est à n'y rien comprendre, dis-je fort excité. Le livre est ouvert maintenant. Allons-y.

Je salue les villageois une dernière fois. Puis j'enjambe le seuil de la porte et j'aide Clara à traverser.

Dès qu'elle touche le sol de notre monde, mon amie laisse échapper un soupir de soulagement. Je fais de même.

– C'est super de retrouver ma chambre et mes...

Soudain, les mots meurent sur mes lèvres. Je m'aperçois alors que je suis debout sur une table de travail, entre des livres ouverts. Dans une pièce tout à fait inconnue.

Je ramasse une feuille à mes pieds. Elle porte l'en-tête « examen de géographie » écrit à la main. Je suis de plus en plus perplexe.

C'est alors que Clara me pousse du coude. Elle pointe son doigt vers le mur opposé. Je suis du regard la direction de son index.

Je laisse aussitôt échapper une exclamation de surprise.

– Oh la la!

Liliane, mon professeur, est recroquevillée dans un angle de la pièce, la main sur la bouche. Ses yeux sont agrandis de terreur.

C'est vraiment débile! Nous sommes revenus à travers le livre de géographie de mon professeur!

Je saute en bas de la table, y laissant une traînée de fumier péruvien. Liliane gémit un peu en se serrant davantage dans l'encoignure du mur.

– Salut! dis-je alors d'un ton un peu embarrassé. Ça va?

Pour toute réponse, Liliane lâche un petit cri de poule effrayée et glisse par terre, évanouie à nouveau.

Clara se tourne vers moi.

– Je crois plutôt, fait-elle dans un soupir, que ça ne va pas du tout!

Chapitre 18

Une image
vaut mille mots

Je jette un coup d'œil furtif dans la classe. Quelques élèves sont déjà installés à leur pupitre. Je m'étire le cou davantage. Le bureau de Liliane est inoccupé. Elle n'est pas encore arrivée... Je n'ai pas revu mon professeur depuis notre aventure d'hier. Clara et moi, nous avons bien essayé, alors, de lui expliquer ce qui s'était passé... Et comme il fallait s'y attendre, elle ne nous a pas crus.

Je me dirige en douce vers mon pupitre. Au moment où je vais tirer ma chaise, j'entends une voix pointue dans mon dos.

– Étienne ! Viens ici, s'il te plaît.

Oups ! Liliane ! Elle était derrière la porte, en train d'effacer le tableau noir.

À regret, je rebrousse chemin jusqu'au bureau de mon professeur. Elle me regarde d'un air étrange.

– Étienne, nous allons oublier le petit incident d'hier, chuchote-t-elle nerveusement en se mordillant la lèvre. Je ne veux pas savoir comment tu as fait pour t'introduire chez moi...

– C'est que...

– Tut, tut ! Laisse-moi finir. De plus, ton truc de la main qui sort du livre, c'est très réussi. Toutefois, tu le pratiqueras, à l'avenir, ailleurs que dans la salle de classe...

– Mais ce n'est pas un truc et...

Liliane me coupe la parole, d'une voix un peu hystérique.

– Ne me parle plus de cette ridicule histoire de voyage au Pérou. Ni de la porte des mondes. Ni de la malédiction du sorcier. Tu ferais mieux d'écouter en classe au lieu d'inventer toutes ces sornettes.

Je me dirige vers mon pupitre, la tête basse. J'aurais mieux fait de tenir ma langue, hier.

– Prenez votre livre à la page trente-neuf, ordonne Liliane lorsque tous les élèves ont pris place à leur pupitre. Nous allons continuer notre révision en vue de l'examen de géographie...

Je tourne les pages lentement avec morosité. Tout à coup, dans mon dos, le grand dadais fait un bruit étrange avec sa bouche. Un peu comme un évier qui se vide. Je lui jette un regard interrogateur. Il a le bec tout grand ouvert. Il ressemble presque à un poisson.

Soudain, tout autour de moi, la même exclamation de surprise fuse de la bouche des autres élèves. Ils ont tous les yeux rivés sur le livre de géographie.

Je lève la tête et j'aperçois alors le regard horrifié de Liliane posé sur moi. Elle me dévisage comme si j'avais trois yeux et un nez dans chaque oreille !

Saisi d'un pressentiment, je feuillette mon manuel de géographie à toute allure jusqu'à la page 38.

Tous les paysans y sont groupés sur la place du village, habillés de leurs vêtements traditionnels péruviens. Tous, sauf un. Natualc, lui, pose fièrement, coiffé d'une magnifique casquette vert fluo sur laquelle on peut lire « Étienne ».

Je fais un clin d'œil polisson à Liliane. Elle sera bien obligée de croire mon histoire maintenant.

– Ah, dis-je avec un large sourire, je me demandais justement où j'avais bien pu égarer cette fichue casquette...

Fin